目次

月とイルカの約束

ここは、太平洋に浮《う》かぶ小さな無人島です。

島の奥《おく》に少しばかり茂《しげ》る草木の中で、一日中海の上を飛び続けていた渡り鳥たちが羽を休めています。広い海を渡《わた》らなければいけない鳥たちにとって、ここは、ようやく体を休めることができる大切な場所でした。海沿《ぞ》いに咲く白い花が風に触《ふ》れるたび、甘い香りをあたり一面に漂《ただよ》わせています。

夜になり、昼間賑《にぎ》やかだった鳥たちがすっかり寝静《ねしず》まると、小さな島は波の音だけに包まれるのでした。

風のない、穏《おだ》やかな夜のことです。

その日は、雲のない夜空に大きな月がぽっかりと浮かんでいました。

いつものように鳥たちが寝静まり、島が波の音に包《つつ》まれると、入り江からさほど遠くないところで騒々《そうぞう》しく音をたてるものがおりました。

――パシャーン
――パシャーン
それは、一頭のイルカでした。

月明かりの下で、水しぶきをあげています。

イルカは、落ちては飛び上がり、また落ちては飛び上がりを、何度も繰《く》り返していました。まるで月にとどこうとしているかのように。

その様子を見ていた月が、とうとうたまりかねてイルカに向かって言いました。

「イルカさん、どれだけジャンプをしたって、私にはとどかないですよ」

するとイルカが答えました。

「そんな高い所からなら、何でも見渡せるでしょう」

それを聞いた月がたずねました。

「たいていのものは見えますが、こんな高いところから、一体何が見たいのですか」

「実は、はぐれた私の子どもを、捜《さが》しているんです」

青白い顔をしたイルカが、思いつめた様子でそう答えました。

「この広い海の中から、捜し出すのは大変でしょう」

月がそう言うと、

「数年前にはぐれてしまってから､ずっと捜しているのです。あの子は､この海で生まれ育ったので､きっとここに戻ってきていると思ったのですが、まるで気配がありません」

とイルカが答えました。

これを聞いた月は、イルカを気の毒《どく》に思い
「では、私もイルカさんの子どもを捜しだすお手伝いをしましょう」

と言いました。

イルカは、顔を輝《かがや》かせて「本当ですか？」と月を見上げました。

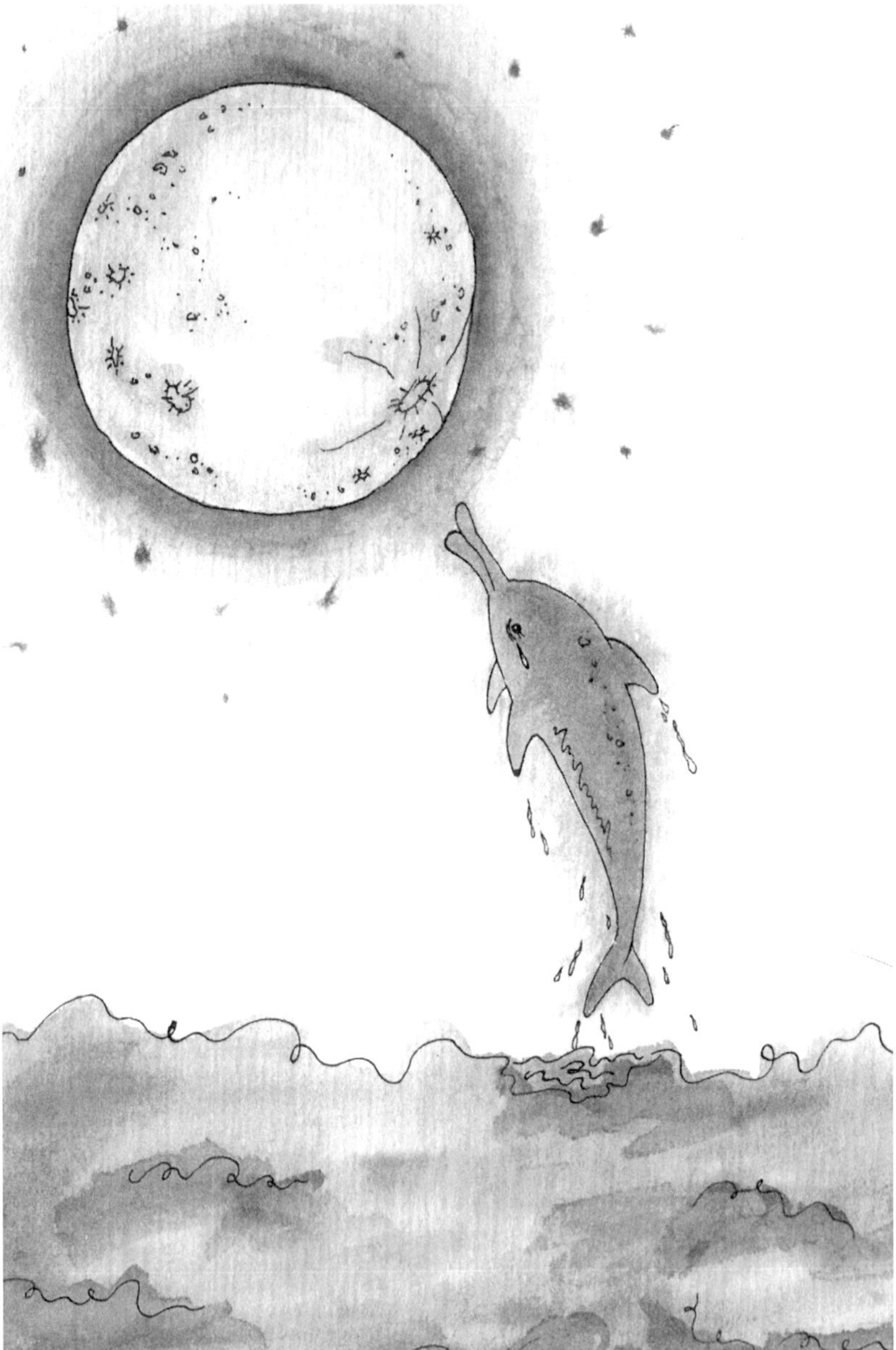

「おやすいご用ですよ。いっしょに捜しましょう」

「ありがとう。それでは、私は海の中を捜すことにしますね」

イルカはそう言うと、深い海の底に消えてゆきました。

――ヒューン、ヒューン
――キュンキュン
月の映《うつ》る海の中に、母イルカの鳴《な》き声がこだましました。

子どもとはぐれた母イルカにとって、海はただ果《は》てしなく続く砂漠《さばく》のようでした。

「この海がもっと小さければ、あの子をすぐに見つけてあげられるのに……」

いつも自分の側から片時も離《はな》れずにいた子イルカを想うと、母イルカは心が折れそうになりましたが、今日からは月が一緒《いっしょ》に子イルカを捜してくれると思うと、心強い味方《みかた》を得《え》た気分《きぶん》でした。


これは月だけが知っている、あるイルカのお話です。

昔、この島のそばにイルカの群《む》れが暮《く》らしていました。

群れはここで子どもを産み、子どもたちが一緒に広い海に出られるようになるまで、島の周りで暮らしたので、ここはイルカたちにとってふるさとでした。

島の周辺には船も少なく、餌《えさ》となる魚も多かったので、皆《みな》ここが大好きでした。

群れの中に、若いイルカが初めて産んだ、メスの子イルカがいました。もうすぐ生まれて一年になろうとしていたこの子イルカは、たいそうおとなしい性格《せいかく》で、母イルカから片時も離れず、母イルカが息をするため水面に顔を出せば、自分も一緒に顔を出し、母イルカが海の中にもぐれば、自分も慌《あわ》ててもぐるようなはにかみやだったので、仲間のイルカたちも、そんな子イルカを何かと気にかけていたのです。

三年から六年に一度しか子どもを産まないイルカたちは、子どもが生まれると、皆で協力しながら大切に育てました。

「クッツ、クッツ」「カッ、カッ、カッ」

イルカたちが、楽しそうにおしゃべりをしています。

群れの中で特《とく》に母イルカと仲の良いメスのイルカが、母イルカに向かって話しかけています。

子イルカは、小さな顔を母イルカのお腹《なか》にあて、お乳を飲みながら、おしゃべりに耳を傾《かたむ》けます。

広い海で生きてゆくイルカたちにとって、おしゃべりは神様がさずけた知恵《ちえ》でした。イルカは、鳴き声で自分のいる場所を仲間に教えたり、危険《きけん》を知らせることができるからです。

幼いイルカたちは、仲間と過《す》ごしながら、少しずつおしゃべりをおぼえるのでした。

それは人間の子どもが言葉《ことば》を学ぶことと似ています。

春の風が海に吹き始める頃《ころ》、群れがいつものように島の周りを泳いでいると、

――キューン、キューン

先頭のイルカが鳴いて、仲間に危険《きけん》を知らせました。

どうやらサメの群れを見つけたようです。サメは、イルカほど泳ぎはうまくありません。だからめったにイルカを狙《ねら》うことなどありませんでしたが、このサメたちはもう何日も餌にありつけず、とてもお腹が空いているようでした。

大きなあごを持つ、数匹のサメたちがイルカの群れの側にやってきました。

「子どもがいるぞ！」

そう言いながら、一匹のサメが大きな体を不気味にくねらせ、子イルカに近づこうとしました。サメたちは、まだ泳ぎのそれほどうまくない、子イルカを狙おうとしたのです。

群れに緊張《きんちょう》が走りました。

さっきまでおしゃべりしていたイルカたちは静かになり、先頭のイルカについて、スピードをあげて泳ぎ始めます。子イルカも、母イルカから離れないよう、脇目《わきめ》も振らず、必死で泳ぎ始めました。先頭のイルカは、サメから群れを離そうと、どんどんスピードを上げて、水の中をぬうように進みます。サメたちは大きな体を左右にくねらせながら、子イルカに近づこうと追いかけてきます。群れの先頭が向きを変えるたび、子イルカもいそいで向きを変えます。それでも、体が小さい分、どうしても群れ

から遅れ気味になるのでした。サメはなかなか、あきらめません。

ふたたび先頭のイルカが向きを変えたとき、とうとう子イルカは、群れについてゆけなくなりました。小さな体が群れから少しずつ離れ始める瞬間《しゅんかん》を、サメが見逃すはずがありません。子イルカに急接近し、大きなあごで、子イルカをとらえようとしました。

「お母さん！」

群れたちに、子イルカの小さな叫び声が聞こえました。

そのときです。

――ドーン
鈍い音が海の中に響《ひび》きました。

群れから離れた一頭のイルカが、サメのわき腹めがけて体当たりをしたのです。

それは、若い母イルカでした。

猛スピードで体当たりされたサメは、バランスを崩《くず》し、子イルカをとらえ損《そこ》ねました。その間に、仲間のイルカが、子イルカを群れの内側に隠しました。

「さあ、もうひと息！」

皆で子イルカを守ります。

サメたちは、群れから離れた母イルカを取り囲み始めました。

その様子に気付いた母イルカは、速度を上げながら、群れとは逆の方向へ泳ぎ始めました。子イルカは、群れに守られながら夢中で泳ぎました。

どれほど泳いだでしょう。

イルカたちは、ふるさとの海に浮かぶあの小さな島が見えなくなるほど遠くにやってきました。

「よく頑張ったね！」

仲間のイルカたちは、子イルカがサメから逃げ切れたことをたいそう喜びました。

ところが、母イルカの姿がないことに気付いた子イルカは、それどころではありませんでした。母イルカのことが心配で、気が気ではありません。

「お母さん……」

心配そうな子イルカを前に、群れで一番長老《ちょうろう》のメスのイルカが子イルカに言いました。

「安心おし、私たちは泳ぎの天才さ」

それを聞いたほかの仲間たちも、うなずきました。

いつも母イルカとおしゃべりをしていたイルカ達は

「さあ、お母さんをさがしましょう！」

と言って海の底に顔を近づけると、あたりを見回しながら、

――キューン、キューン、キューン

はぐれた母イルカに自分たちの居場所を鳴いて知らせ始めました。

広い海の中に鳴き声がこだまします。

イルカたちは耳を澄ませましたが、何も聞こえません。

――キューン、キューン
イルカたちはあきらめないで、泳ぎながら声を送り続けます。

子イルカも、みんなの鳴き声をまねて、一生けんめい母イルカを呼びました。

――キューン、キューン
子イルカの鳴き声が、遠くまでこだましました。

「お母さん！」

子イルカは、お母さんの無事をいのりました。いつも一緒にいた母イルカが、自分の側にいないなんて、悲しくてどうにかなってしまいそうです。仲間のイルカたちも、まだ乳離《ちちばな》れをしていない子イルカが生きてゆくためには、母イルカが必要なことはわかっていました。

皆、自分たちの居場所を若い母イルカに知らせるため、一生けんめい鳴き続けました。

声を送り続けて数時間が経つ頃、遠くのほうから、かすかにイルカの鳴き声が聞こえてきました。

――キューン、キューン
イルカたちが一斉に、耳を澄《す》ませました。

――キューン、キューン

鳴き声は海の底の砂や岩にあたり、やさしくこだましながら仲間のもとへ流れてきました。

その声は、間違《まちが》いなく母イルカの声でした。

「お母さん！」

子イルカは思わず叫びました。

群れは、声の聞こえる方へゆっくりと泳ぎ始めました。まもなくすると母イルカが、みんなの前に姿を見せました。

「お母さん！」

子イルカは、大喜びで母イルカのもとへ飛んでゆきました。

母イルカも、子イルカの元気な姿を見て大喜びです。

――カカカ、クククー

仲間のイルカたちも大喜びで鳴いています。

子イルカは、この日のことを忘れませんでした。

夜になり、大きな満月がきれいな星空に浮かびました。昼間の騒《さわ》ぎが嘘《うそ》のようにあたりは静まり返っています。こうして子イルカは、母イルカや大好きな仲間たちといられる幸せをかみしめながら、眠りについたのでした。

ある日のこと。

——ハウ、ハウ、ハウ

——アオー、アオー

甲高《かん》い声をあげながらカモメたちが飛んでゆきました。

それに気づいた先頭のイルカが、皆を連れてカモメの飛ぶほうへ泳ぎ始めました。どんどん泳いでゆくと、大きな黒い渦《うず》が見えてきました。

渦はきらきらと揺《ゆ》れながら、上や下に動いています。いわしの大群です。たくさんのいわしたちが、大きな黒いかたまりとなって泳いでいたのです。

イルカたちは一斉《いっせい》に口をあけて、黒い渦の中に飛び込んでゆきました。カモメも水の中に飛び込んで、くちばしにいわしを咥《くわ》えます。子イルカも母イルカをまねながら、いわしを咥え、飲み込みます。久しぶりのごちそうにみんな大喜び。

海の水が少しずつ冷たくなってゆく時期になっても、子イルカは相変わらず、母イルカのお腹に顔を寄せて、お乳を飲んでいました。

イルカの子どもは、春が二回めぐってきて、ようやく大人になります。お母さんのお乳には、子イル

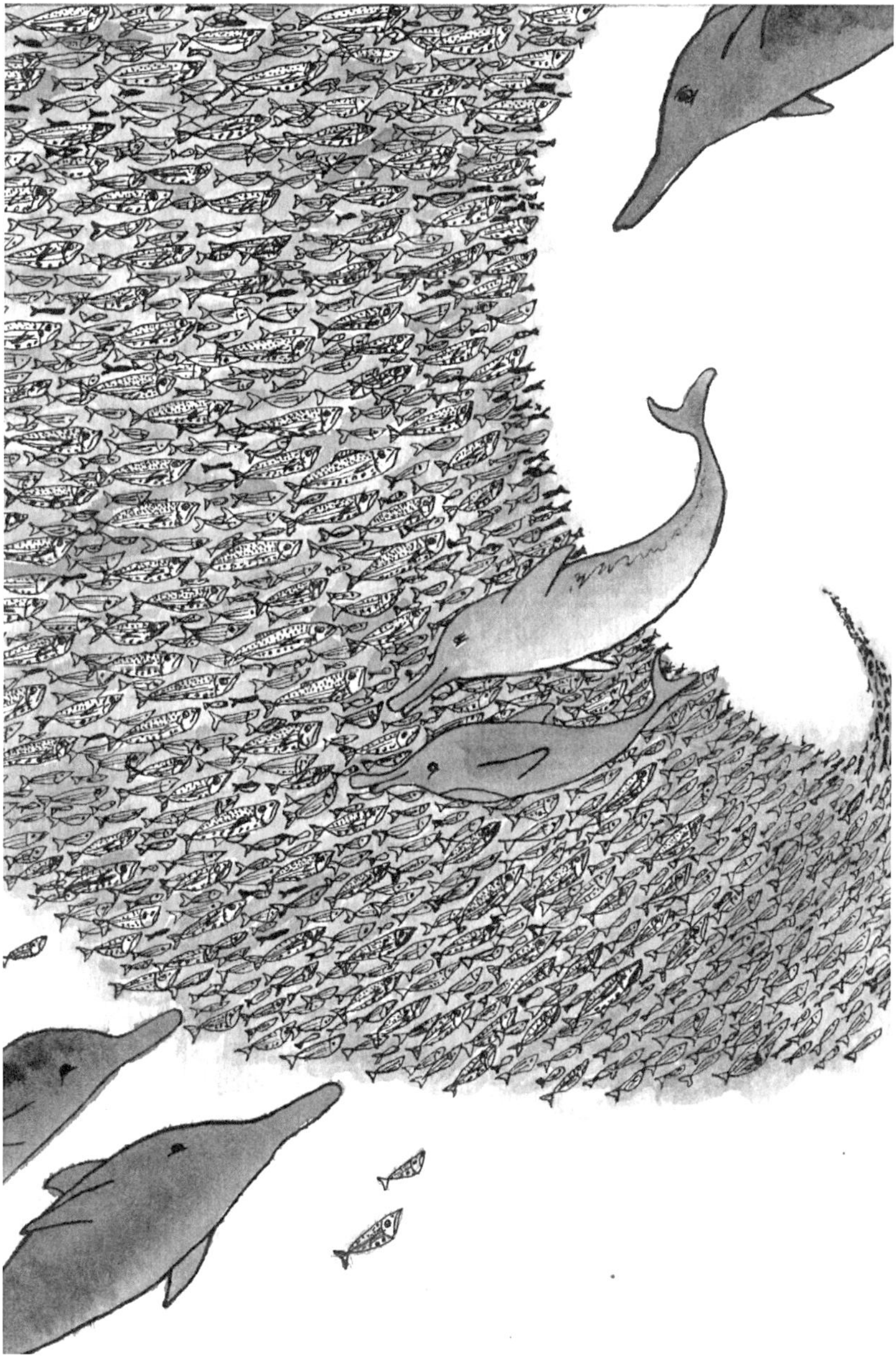

カが大人のイルカに成長するための大切な栄養が含《ふく》まれていました。

秋になり、鳥たちが北の国から南の国へ向かって移動する頃、イルカの群れは、餌を求めて太平洋をゆっくり泳いでいました。

すると突然《とつぜん》、海の中に大きな音が鳴り響きました。

聞いたことのない高い音です。

――カーン、カーン、カーン
音は、あちこちから聞こえてきました。

イルカたちは大きな音に驚《おどろ》き、水面に顔を出し、周りを見渡しました。

何隻もの小さな船が、イルカたちを取り囲むように浮かんでいます。耳をつんざくほどの大きな音に、イルカたちはただ驚くばかりです。

子イルカもただならぬ気配を感じとり、小さな体をこわばらせ、母イルカをじっと見つめました。先頭のイルカが、音を避《さ》けようと向きを変えると、皆その後をついてゆきました。

するとどうしたことでしょう。たくさんの船が網《あみ》を張りながら、群れを取り囲みはじめたのです。気がつくと、イルカたちは網の中に捕《と》らわれ、逃げることができなくなっていました。群れはどんどん、岸のほうへと追い込まれてゆきました。

イルカ猟《りょう》です。

この村の人間たちは、イルカを捕まえて、水族館に売ったり、肉にして売ったりしていたのでした。

群れの先頭を泳いでいたオスのイルカが、追《お》い込《こ》まれた恐《おそ》ろしさで頭の中が真っ白になり、無我夢中《むがむちゅう》でジャンプをしました。イルカの体は岩にあたり、傷ついた体からみるみる血が噴《ふ》き出しました。その姿を見た群れのイルカたちは、自分たちのおかれたただならぬ状況におののき、不安そうに体を寄せ合い泣き始めました。

――ピィー、ピィー、ピィー
母イルカと子イルカも、押し黙《だま》ったまま、じっと体を寄せ合いました。

運よく網の外へ逃げたイルカたちも、入り江から離れることができません。

きびしい自然の中で苦労を共に乗《の》り越《こ》えてきたイルカは、仲間を見捨てることができない動物だからです。

――ピィー、ピィー、ピィー
皆、悲しそうに鳴き始めます。

「子どももいるぞ！」

船の上から猟師の一人が子イルカを見て叫《さけ》びました。

猟師たちは、狭《せま》い入り江に追い込まれ自由に動けなくなったイルカたちが、明日の朝には弱っていることを知っています。

「さあ、続きは明日だ」

そう言うと、イルカたちが逃げられないように念入《ねんい》りに網を張りなおし、入り江を後にしました。入り江に残されたイルカたちは、これまで自分たちが経験《けいけん》したことのない危険《きけん》が迫《せま》っていることを感じていました。

子イルカが、母イルカの横から心配そうに空をあおぎ見ると、そこには昨日と変わらない大きな月が、小さな入り江で不安そうに体を寄《よ》せ合うイルカたちを照らしていたのでした。

朝になると、猟師たちが水族館でイルカに芸を教える訓練士を連れて入り江にやってきました。

「これと、あれは、よさそうね」

訓練士が、芸《げい》を仕込《しこ》めそうな若いイルカを選んでゆきます。

「あ、あの小さいのも！」

母イルカに寄り添《そ》う子イルカを見逃《みのが》しはしませんでした。すると、ダイビングスーツを着た数人の男たちが海に入り、人間におびえる若いイルカたちを、捕らえてゆきました。別の男たちが、子イルカにも近づいてきました。子イルカは、小さな体で一生けんめい抵抗《ていこう》します。母イルカは、子イルカを守ろうとしますが人間たちを前に、子イルカが連れてゆかれるのをただ見ているしかありません。

「ピー、ピー、お母さん！」

大きな布が、子イルカの体に巻《ま》きつけられると、動けなくなった子イルカは、船の横に縛《しば》り付けられ

ました。

「お母さん！」

母イルカは、子イルカが縛《しば》り付けられた船を追いかけようとしますが、網に囲まれていてどうすることもできません。入り江の中から、子イルカを連れ去ってゆく船を見つめるしかありませんでした。

海はみるみるうちに、食用のために殺されたイルカたちの血で真っ赤になりました。血の匂いを嗅ぎつけて、カラスたちが集まってきました。

イルカたちの泣き叫ぶ声が、小さな入り江に響き渡ります。

猟師たちは、数頭のイルカたちを網の外へ追いやりましたが、イルカたちは、仲間のイルカたちが心配で、その場から離れようとしませんでした。すると、イルカを沖へ追いやるために船のスクリューを全開で廻《まわ》し始めました。

――グォーン、グォーン、グォーン
スクリューの大きな音に驚いたイルカたちは、仕方なく、ゆっくりと沖へ泳ぎ始めました。泳ぎながら、何度も入り江を振り返り沖へと消えてゆきました。

「さようなら」

船に縛られた子イルカは、入り江のそばにつくられた小さな生けすに入れられました。いつも一緒だった母イルカはもういません。子イルカは寂《さび》しくて仕方がありません。

毎日毎日、来る日も来る日も、狭い生簀《いけす》の中で一日中、一人ぼっちでただ同じ場所をぐるぐる回って泳ぐしかありませんでした。

やがて子イルカは、トラックに積まれ、遠い町にある水族館へと運ばれました。子イルカにとって、そこはまるで知らない世界。

その日から子イルカは、水族館の小さなプールの中で、冷凍《れいとう》の魚を貰《もら》いながら、毎日ショーの練習をさせられました。人間の与える餌には、十分な栄養が含まれないので、冷凍の魚の中には、ビタミン剤《ざい》が入っていました。そして、プールにもイルカたちの鼻を突《つ》く、消毒薬が入れられていました。

子イルカは毎日、別の種類のイルカたちと一緒に、ショーの練習をさせられている間も、離れ離れになった母イルカと、仲間のイルカたちのことを、ぼんやり考えていました。

――ピー、ピー

訓練士が笛にあわせて、イルカたちを整列させようとしますが、子イルカは、おどおどするばかり。もともとおとなしい性格の子イルカは、うまく芸をすることができません。

芸ができないイルカたちは、十分に餌が与えられませんでした。人間に捕まり、水族館へ連れて来られたイルカたちは、餌で人にならされ、芸をしこまれていたからです。

水族館の狭いプールの中には、種類の違《ちが》うたくさんのイルカが入れられていました。子イルカは、そんなイルカ達に馴染《なじ》むことができず、いつもひどく一人ぼっちでした。

プールの壁《かべ》はコンクリートで、聞こえる音はまるで海とは違っていたので、なおさら誰ともおしゃべりをしませんでした。

子イルカは毎日、母イルカや仲間が、恋《こい》しくて寂《さび》しくて仕方がありませんでした。子イルカは、やがて心の病気になりました。

ショーに使えない子イルカは、他のイルカたちが入れられているプールの脇《わき》につくられた小さなプールに入れられると、顔を水面から出し、どこを見るふうでもなく、一日中、ぼんやり遠くを眺《なが》めるようになりました。

「どうして、私は、ここに、いるんだろう」

「お母さん……」

小さなプールに浮かびながら、そんなことばかりを考えていました。

訓練士が差し出す、冷凍の魚を子イルカが口にすることは、もうなかったのです。

ある晩《ばん》、子イルカは最後の力を振《ふ》り絞《しぼ》って鳴きました。

「キューン、お母さん！」

その切ない鳴き声は、水族館の壁を超《こ》え、夜空へと広がりました。この夜、月はようやく子イルカを見つけたのです。

「どうしたものか……」

月は、人間に捕らわれている子イルカを、助け出してやれないことを知っていたので、母イルカにこのことを話すべきか迷《まよ》いました。それでも月は、子どもを捜す母イルカの必死な姿を見ると、母イルカに本当のことを話すべきだと思いました。

「イルカさん、あなたの子どもはここからずっと北西の方角にある水族館の小さなプールの中にいるのですよ」

とうとう月が母イルカにそう打ち明けると、

「それは本当ですか！」

と、母イルカは驚いて訊《たず》ねました。

月がうなずくと、母イルカは、

「それなら早く迎《むか》えに行ってあげなければ。まだ、ほんの子どもなんです。私が側《そば》にいないと、寂《さび》しい思いをしているに違いないんです。ありがとう、お月様！」

うれしそうにそう言うと、急いで北西の方角へと泳いでいきました。月は、母イルカの後姿を見守ることしかできませんでした。

それから数日後、町に初雪が降《ふ》りはじめた日、子イルカは小さなプールの中でひっそりと死んでゆきました。

「お母さん！」

子イルカの叫び声が、広い海の中に響き渡りました。

雪が一日中、涙《なみだ》となって海に溶《と》けていったその日をさかいに、夜の海に聞こえていた、母イルカの鳴き声がぴたりと止みました。月はこのとき初めて、海で見た母イルカが亡霊《ぼうれい》だったことを知ったのです。群れが捕えられ、子イルカが連れ去られた後、母イルカは死んでいたのです。

ようやく自分のもとへ戻《もど》ってきた子イルカを前に、海の底深くに沈んでいた母イルカの、鉛《なまり》のように重かった心が解《と》き放《はな》たれました。親子はうれしそうに寄《よ》り添《そ》いながら、空よりも海よりも青い、何の心配もいらない仲間の待つところへ旅立ちました。

水族館では今日も、お客さんを呼《よ》び込《こ》む声が聞こえます。

「楽しいイルカショーが始まりますよ。さあ、チケットをお求めください！」

子イルカが死んだ小さなプールの後ろでは、笛の音にあわせ、今日もイルカショーが行われようとしているのでした。

木こりと子ぎつね

美濃《みの》の小さな村に、腕の良いきこりがいました。

空に向かってまっすぐ伸びる樹木を思わせるような大らかな性格で、村のみんなから「あきさん」と呼ばれ慕《した》われていました。

あきさんは、おじいさんの代から続く三代目のきこりでした。

子どものころから材木を見て育ったせいか、木の持ち味を正確に見定めることができたので、大工や職人たちからとても頼りにされていました。

「今日は、山に入るんか？」

あきさんの家に立ち寄った幼馴《おさなな》じみの大工が訊《たず》ねました。

「今日は立冬《りっとう》やで、一日、山には入らんぞ」

この村には「立冬と立春《りっしゅん》の日には、神様が里と山を行き来するので、通り道の邪魔《じゃま》にならないよう、山に入ってはいけない」という古くからの言い伝えがありました。

あきさんもそれを信じていたので、立冬のこの日、山には入りませんでした。


「道具の手入れでもするとするか」

大工が帰ってゆくと、あきさんはそう言って納屋《なや》へ向かいました。

ところが母屋の裏口《うらぐち》から外へ出ると、なにやら見慣《みな》れないものが横たわっているではありませんか。

きつねです。あきさんが近寄っても動く気配はありません。

きつねは死んでいました。

「こりゃ、なんだか縁起《えんぎ》が悪いな」

危険《きけん》な山仕事をするきこりたちは、日ごろから縁起を気にします。

あきさんは、死んでいるきつねを納屋へ運ぶと、翌朝《よくちょう》、山のふもとにきつねを埋《う》め、その上に小さな祠《ほこら》を立てました。

その様子を、裏山から見ているものがいました。それは死んだきつねの子どもでした。

母ぎつねが埋《う》められたことを知ると、尻尾《しっぽ》をたらして、山の中へとぼとぼ歩いてゆきました。

山の上までやってくると、神社の脇《わき》に立つご神木の根元に小さな体を丸め、目を閉じました。空腹《くうふく》でとても疲《つか》れていたのです。

「おかあさん……」

子ぎつねは夢を見ていました。

それは、死んでしまったお母さんと一緒《いっしょ》に、おいしいものをお腹いっぱい食べている夢でした。

懐《なつ》かしいお母さんに会えた嬉《うれ》しさで、子ぎつねは夢の中でとても幸せでした。

「ピッールリ、ピッールリ、ピッ、ピッ」

その様子を、ご神木《しんぼく》の上から一羽のオオルリが見ていました。

オオルリは元気よく鳴きながら、神社のほうへ飛んでゆきました。

「神様、お腹《なか》をすかせた子ぎつねが、ご神木の下にうずくまっています」

「ほお、それは放ってはおけんな」

里から山の神社に戻《もど》ったばかりの神様は、それを聞くとオオルリと一緒《いっしょ》に出かけてゆきました。

「さて、どうしたものか。だいぶ弱っているようだ」

神様は、ご神木の根元で横たわる子ぎつねを見て、そうつぶやきました。

そして周りを見渡《みわた》しながら、

「昼だというのに、陽《ひ》の入らない墓場のような山ばかりだ。これでは、えさも見つかるまい」

神様は、さまざまな木や草花でにぎわっていた昔の里山を思い出していました。

「あの頃《ころ》の山が懐《なつ》かしいわい」

神様は、うずくまる子ぎつねの頭にそっと手をおき、呪文《じゅもん》を唱《とな》えると、オオルリをつれて神社の奥へ消えてゆきました。

「神様、子ぎつねは、このままで大丈夫なのですか？」

オオルリが心配そうに神様に訊ねると、神様は黙《だま》ってうなずきました。


しばらくすると、神社に向かってやってくる人の足音が聞こえてきました。

それは、商売繁盛《はんじょう》の願《がん》掛けにやってきた旅館のおかみさんでした。

「たまや」と書かれたカバンを持っています。

たまやは、村で温泉《おんせん》を掘《ほ》り当てたおかみさんのお爺《じい》さんのおかげで、とても繁盛していましたが、このおかみさん、お爺さんと違《ちが》って、人に感謝する気持ちを持ち合わせていませんでした。お客さんにはいつも甲《かん》高い声で、「いらっしゃいませ」と、愛嬌《あいきょう》を振《ふ》りまいていましたが、自分のためにしかお金を使わない、村でも評判のけちでした。

子ぎつねに気付くと、

「おや、あれはなんだろう？」

急ぐ足を止めて、寝《ね》ている子ぎつねを覗《のぞ》き込《こ》みました。

「こりゃ、きつねだ。まだ小さいね」

子ぎつねはすっかり眠っていたため、おかみさんに気付きません。

「死んでるんだろうか？」

近寄っても、ぴくりとも動かない子ぎつねを見ながら、

「やせてるし、毛づやも良くはなさそうだ」

おかみさんは、そう言うと足早に立ち去ろうとしましたが、二、三歩行ったところで、ぴたりと足を止めました。

「ひょっとしたら、何かに使えるかもしれない」

いつもお金儲《かねもう》けのことばかり考えているおかみさん、一儲《ひともう》けできないかと思いついたのです。

「そうだ、尻尾《しっぽ》くらいは使えそうだ。きっといくらかにはなるかもしれない」

そう言うと、くるりと向きを変え、眠っている子ぎつねに駆《か》け寄《よ》っていきました。

そんなことも知らない子ぎつねは、すっかり寝入《ねい》っていて、自分の身に何が起ころうとしているのか、知るよしもありません。

おかみさんは、右手で子ぎつねの首をつかむと、すばやくカバンにつめこみ蓋《ふた》を閉じました。弱っている子ぎつねは、おかみさんに首をつかまれても抵抗できず、あっさりとカバンの中に入れられてしまったのでした。

「やれやれ、あたしを恨《うら》むんじゃないよ。こんなものを欲しがる人間がいるんだから仕方ないのさ。恨むなら、そんな人間を恨むんだね」

おかみさんは、少し重くなったカバンを両手で抱《かか》えると、来た道をもどり始めました。

お参りはやめて、村の猟師の家へ寄ることにしたのでした。

カバンに入れられたことに気付いた子ぎつねは、

「ギャーオン、ギャーオン」

怖《こわ》くて声を震《ふる》わせて鳴き始めました。

「静かにするんだよ！」

おかみさんは、カバンに向かって叱《しか》りつけました。

おかみさんが山の下の鳥居のあたりまでやってくると、荷台に薪《まき》を積んだ、小さなトラックが近づいてきました。

それは、きこりのあきさんでした。

おかみさんに気付くとトラックを止め、運転席の窓から、

「いやあ、たまやのおかみさん、朝から商売繁盛《はんじょう》の祈願《きがん》かね」

と、声をかけました。

あきさんの威勢《いせい》のいい声が、人気のない山の中に響きます。

「おや、あきさん」

おかみさんが、少し慌《あわ》てた様子で返事をすると、

「ギャーオン、ギャーオン」

カバンの中から、子ぎつねの声が聞こえてきました。

あきさんが、これを聞き逃すはずがありません。

「何の声だ？」

「ああこれね、きつねだよ。きつねの子どもを見つけたのさ」

「へー、どこにおった？」

「ご神木の根元におったわ」

「よう、つかまったな」

「弱っとるで、すぐつかまったわ」

「ほぉう」

あきさんは少し感心した様子でうなずくと、

「で、そのきつね、一体どうするつもりや？」

と、おかみさんに聞きました。

「やっちゃんのところに持っていこうと思っとる」

「ほおぅ」

あきさんは、そう聞くと、少し首をかしげて黙《だま》り込《こ》みました。

やっちゃんが村の猟師であることは、あきさんも知っていたからです。

「ご神木《しんぼく》の根元におったきつねに無茶すると、罰《ばち》があたらんか？」

おかみさんは、縁起を気にするきこりから「罰が当たる」と言われると、なんだか良い気持ちがしませんでした。

「それに、そんな小さなカバンに入るようなきつねなら、たいした金にはならんだろう」

「毛皮なんぞ、流行遅れ《りゅうこうおく》れとちがうか？」

あきさんは子ぎつねを不憫《ふびん》に思い、おかみさんに子ぎつねを諦《あきら》めさせるため、一生懸命《けんめい》説得しようとしましたが、おかみさんは一向に首を縦に振《ふ》りません。

「ギャーオ、ギャーオ」

子ぎつねの悲しそうな鳴き声がまた聞こえてきました。

おかみさんの強欲《ごうよく》さに、しびれを切らしたあきさんは、とうとうこう話を持ちかけました。

「たのまれとった材木、勉強しとくで、そのきつねは山に返したほうがいいと思うよ」

それを聞いたおかみさん、嬉《うれ》しそうにまゆをつりあげ、あきさんの顔をのぞきこみました。

「本当かい？」

あきさんが見立《みた》てた材木に間違《まちが》いがないということは、村の人なら誰《だれ》でも知っています。その材木をいくらか安くしてもらえるなら、小さなきつねの尻尾《しっぽ》など取るに足りません。

あきさんがうなずくと、おかみさんは車の窓からあきさんにカバンを渡《わた》し、

「カバンは、ついでのときに返してくれたらいいよ」

と言って、足早に山を下りてゆきました。

おかみさんから、ようやくきつねを取り上げることができたあきさんは、ほっと胸《むね》をなでおろしました。

「やれやれ」

そう言うと、きつねの様子をみるため、そっとカバンの蓋《ふた》を開けました。鳴きつかれた子ぎつねが、力のない目であきさんを見つめています。

「ずいぶん痩《や》せたきつねだ」

あきさんは、カバンの蓋を閉じ、急いで家に帰りました。

「お父さん、そのきつね、どうしたの?」

留守番《るすばん》をしていた娘《むすめ》は、きつねを連《つ》れ帰った父親に向かって、驚《おどろ》いてたずねました。

事情を聞いた娘は、子ぎつねを心配そうに覗《のぞ》き込むと、何かを思いついたように台所へ走って行きました。

ふかし芋《いも》を手に戻《もど》ってくると、人差し指の上に欠片《かけら》をのせて、子ぎつねの鼻先に近づけました。

すると子ぎつねは、うっすら目をあけ、小さな指の上にのせられたサツマイモをぺろりとなめたのでした。

「きつねの舌って、ザラザラなのね」

娘は嬉《うれ》しそうに父親を見つめました。

その日から、きこり親子は、子ぎつねの面倒《めんどう》をみるようになりました。

母親が数年前病気で亡くなって以来、父親と二人きりで暮らす娘は、時々、父親の帰りを待ちわびることがありましたが、子ぎつねがやってきてからは、そんな気持ちが多少なりとまぎれるのでした。

心根《こころね》のやさしい娘は、子ぎつねをたいそう気にかけたので、いつしか子ぎつねも、学校から帰る娘の帰りを待つようになりました。

毎日、卵やサツマイモを貰《もら》い、やがて子ぎつねは、見違《みちが》えるほど元気になりましたが、きこりの家から離《はな》れようとしませんでした。

その頃までには、きこり親子にすっかり懐《なつ》いてしまったのでした。

そんなある日のこと。

あきさんがいつものように山仕事から戻り、仕事道具をしまうため納屋に入ると、納屋の中に見たことのない老人が立っていました。

長くて白いあごひげをたくわえ、手には大きな杖《つえ》を持っています。そして、その杖の上には一羽のオオルリがとまっていました。

「どちらさまでしょうか？」

あきさんが、たずねると、

「わしは、この村の豊作《ほうさく》を願う神じゃ。子ぎつねを助けてくれたお礼に、お前さんに一つ教えておきたいことがある」

と、静かに話しました。

あきさんは、驚《おどろ》いて息をのみました。

子ぎつねを助けたことは、自分と娘以外は誰《だれ》も知らないことだからです。

杖の上にとまっているオオルリを見て、あきさんは二度驚《おどろ》きました。なぜなら、オオルリの頭の上には、小さな緑色の玉がのっていて、オオルリが頭を動かすたび、その玉が光を放っていたのです。

「来年の夏、この村は、大きな災難《さいなん》にあうぞ」

「亡くなるもんもおるだろう」と、驚《おどろ》いているあきさんに向かって神様が言いました。

「一体どんな災難が起こるのでしょうか？」

あきさんが恐《おそ》る恐《おそ》るたずねると、

「知りたければ、神社に来るがよい。そして、この鳥についてゆきなさい」

そう言うと、神様もオオルリも納屋からすっと消えていなくなりました。

あきさんは慌《あわ》てて母屋《おもや》に戻り、納屋であったことを娘に話しました。

娘は不思議な話を聞き終えると、神社へ行くように父親に頼みました。

翌朝、あきさんは山仕事に出かけるときのように、地下足袋《じかたび》を履《は》いて神社に向かいました。

神社の鳥居《とりい》までやってくると、鳥居の脇《わき》にトラックを止め、歩いて山道を登り始めました。

しばらく行くと、背《せ》の高い大きなスギがあきさんを迎《むか》えました。この場所に、八〇〇年もの間ずっと立ち続けているご神木です。

「いつ見ても、たいそうなスギだ」

あきさんがスギを眺《なが》めていると、あのオオルリがやってきました。

「ピールリ、ピッピッ」

元気良く鳴きながら、神社の裏山へ飛んで行きました。あきさんは、オオルリを見失わないよう、慌《あわ》てて追いかけました。

「陽《ひ》の当たらん山の土は、まるで砂だ」

あきさんは、足をのせるとぼろぼろと崩《くず》れてゆく土《つち》の上を、注意深く登ってゆきました。

ひょろひょろと伸びた木が立ち並《なら》ぶ林の中をしばらく歩いてゆくと、何やら話し声が聞こえてきました。

「だれぞ、おるんか？」

立ち止まり耳を澄《す》ませますが、人の気配はありません。

「おかしいな、確かに話し声が聞こえたはずなのに」

あきさんは、あたりを見回しながら、痩《や》せたヒノキの前を通りすぎようとしました。

「もう駄目《だめ》だ。これ以上立っていられない。つま先が折れてしまいそうだ」

あきさんは、びっくりして腰が抜けそうになりました。

「たまげた。木が喋《しゃべ》ったぞ」

あきさんは、口をきいた目の前の木をじっと見つめました。

すると今度は、

「やれやれ、やっと楽になれた。これ以上、とても立っていられなかった。隣《となり》の皆《みな》と競争ばかりさせられて疲《つか》れたよ」と、言う声が聞こえました。

声のするほうを振《ふ》り返《かえ》ると、沢《さわ》の脇《わき》に、一本のヒノキが根っこを投げ出して倒《たお》れています。

「俺《おれ》たちも、今度の台風で楽になれるはずだ」

別のヒノキが、そう言いました。あきさんは、その場に立ちすくんでしまいました。

台風で山の土が崩《くず》れれば、ヒノキたちは立っていられず、沢に流れる雨水とともに、山の下へ一気に滑《すべ》り落ちるでしょう。

「これは、大変だ」

あきさんはこの時、神様の言っていた大きな災難が何なのか知ったのでした。

「ピールリ、ピールリ」

オオルリが、梢《こずえ》から飛び立ちました。

あきさんが慌《あわ》てて追いかけてゆくと、木の根っこに足を引っ掛《か》け尻《しり》もちをついてしまいました。

「あ、いたた」

「どいてくれよ」

足の下から子どもの声が聞こえました。それは、小さなアカマツの声でした。

「あなた、ちっとも大きくなれないのに、ふんだりけったりね」

少し離《はな》れた場所から、背の低い白い花がアカマツに話しかけています。

「ぼくは、君とちがって、お日様が当たらないと大きくなれないんだ」


「君たちはどこへも行けないからかわいそうだ」

小さなヘビが、斜面《しゃめん》をはいながら、そう言いました。

あきさんがズボンについた土を払っていると、

「みんな、人間のせいだ」

太い声が、山に響《ひび》き渡《わた》りました。

その声の主は、あのご神木でした。

「人間が、欲《よく》のために、山を使い捨《す》てにした」

あきさんは、息をのみました。

「欲って、なあに？」

さっきまでメソメソしていた、小さなアカマツがスギにたずねました。

「欲は、人間につく虫のことさ。つきすぎると、いいことがない」

スギはそう言うと、小さなアカマツに、自分が知っている昔の山の話を聞かせ始めました。

「スギやヒノキが、飛ぶように売れたころは、山桜も栗《くり》も、木という木を全部伐《き》って山にスギやヒノキを植えたのさ。そのせいで動物たちは食べるものがなくなり、住処《すみか》まで追われた。それなのに、スギやヒノキが売れなくなると、今度は山を放りっぱなしさだ」

あきさんは、スギの話を聞きながら、人間が山を使い捨《す》てにしたせいで木や動物たちが困っていることを知りました。

「もともと、このあたりは、アカマツの林だったんだ。陽さえあててやれば、このアカマツも大きくなるんだがなぁ」

いつの間にか、西の空が赤くなり、オオルリもどこかに行ってしまったので、あきさんは山を下りることにしました。

あきさんが、きつねを埋めた山のふもとまで来ると、毛並《けな》みの美しい、りっぱな尻尾《しっぽ》を持つきつねが、ほこらの横に座っていました。あきさんの姿《すがた》を見ると、立ち上がり、

「私のために祠《ほこら》を立ててくれてありがとう。それから、私の子どもを助けてくれてありがとう」

と言いました。

あきさんは、この時、祠の下に埋めたきつねが、助けた子ぎつねの親だと知ったのでした。

「山が元気にならないと、私たちは、生きてゆけないのです」

「私の子どもが山に戻っても生きていけるように、どうか助けてください」

そう言うときつねは消えていなくなりました。

家に帰ったあきさんは、娘にたずねました。

「お父さんがこれから話すこと、お前は信じるか」

娘は黙《だま》って、うなずきました。


それから長い年月が経《た》ちました。

きこり親子も、きこり親子を知る人たちも、もういません。

でも、今なお立ち続けている、神社のスギは知っていました。

あのとき、山を生き返らせた、きこりのことを。

あきさんが、山の手入れをしたおかげで、山に陽が差し虫たちが集まり草木が芽生えたのでした。

小さかったアカマツも立派《りっぱ》に成長し、たくさんの子孫《しそん》を残していました。

色づいた秋の山で、動物たちが忙《いそが》しそうに冬支度《ふゆじたく》をしています。

明日は立冬。
今でも村の人たちは、この日は山に入りません。
神様の通り道の邪魔《じゃま》になってはいけないことを知っているからです。

あとがき

「月とイルカの約束」は、二〇一〇年一一月、名古屋港水族館で初めて見た一頭のシャチを思い浮べながら書き上げた物語です。この物語の中では、イルカとして登場させました。

一〇年近く経った今も、その時、目の当たりにしたシャチの様子を忘れることができません。大きな黒い物体が、小さな生簀《いけす》の中から体を半分のぞかせ、ずっと同じ姿勢で遠くを見つめていました。後になって、それが「なみちゃん」と呼ばれていたメスのシャチで、和歌山県太地町の猟師たちによって捕らえられ、億単位の価格で名古屋港水族館へ売られていたことを知りました。一緒に捕獲されたなみちゃんの弟も、身重だった母親も、国内の別の水族館へ売られた後、間もなくして死んでいたことも知りました。名古屋港水族館では、3頭のシャチが続けて死んでいます。これらのシャチの購入には、数十億円の税金が使われています。

和歌山で捕獲されたイルカたちは、国内の水族館だけでなく、経済発展とともに、水族館建設ブームの真っ只中にある中国の水族館へ高値で取引されています。猟師たちは、水族館から注文を受け、イルカを捕獲します。

毎年九月から二月末まで、水族館への転売用に群の中から若い個体を捕獲するために、天候が許す限り毎日休み無く、盛んにイルカ猟が行われています。

時速七十キロにも及ぶ速さで一日数百キロを泳ぐイルカやシャチのような社会性のある海洋動物を捕え、小さな生簀の中で飼育すれば、野生なら四〇年、五〇年生きるイルカが、ストレスを抱えながら数年の短い命を終えています。

それでも、ショーをさせるため「命の使い捨て」が今も盛んに行われています。

カナダ、ニュージーランド、インド、スイス、イギリスなど、諸外国の間では、水族館での鯨類のショーや飼育の禁止の動きが広がっています。二〇十六年、カリフォルニア州は、シャチの飼育下での繁殖を禁止しました。映画「ブラックフィッシュ」では、元トレーナーたちが、飼育下に置かれたシャチのストレス、狭い場所で暮らすことによるいじめ、厳しいスケジュール、自然とほど遠い生活環境におかれたイルカやシャチについて赤裸々に語っています。身近な国では、韓国や台湾もイルカの輸入を禁止しました。

しかしながら、世界のこの動きに反し、税金を投与し人間の飼育下で、鯨類の繁殖を促進しようとしている日本は、真逆の方向へと進んでいます。

神戸の須磨水族館では、シャチを呼び物にした、大掛かりなプロジェクトが二〇二四年に向けて、進められています。

このような動きは、政治家と既得権益者とのつながりだけでなく、イルカショーにお金を払う、私たちの意識の低さが原因となっています。

「木こりと子ぎつね」は、林業を営む友人の話をもとに書き上げました。

物語の中では、野生動物と人間を関わらせていますが、私たちの社会ではそれは良いこととされていません。

人と野生動物は距離をおいて、共生することが一番望ましいからです。

ただし、傷ついた野生動物を治療する行為そのものを、「生態系のバランスを崩すから」という理由だけで否定するとするならば、それについては、疑問を感じます。なぜなら、私たち人間が、すでに生態系に致命的な影響を与えているからです。利益目的のために招き入れた外来種を捕殺、あるいはジビエとうたって殺しているのも人間。環境破壊を招いている地球温暖化を引き起こしているのも人間です。

きこりの友人が、ある日、小さな祠が置かれた狐のお墓の前でこんな話をしてくれました。

「木材を山から運び出すために、山奥に自分でさえ迷うくらいの道が補助金を使って作られている。五十年、百年先を考えて山を大切に扱うという気持ちは今の林業にはない。山を知らない、あるいは、知る必要性を考えたことのない素人たちが、机上の空論で進めているのが今のこの国の林業の実態だ。国からの補助金は、山の形状を変えてしまうほどの乱暴なやり方を後押しするために使われている」

彼が案内してくれた奥深い山の中には、機械が荒々しく山を削って作った道が縦横無尽に広がっていました。削られた山は、二度と元の形に戻ることはできません。

むき出しになった木の根は、雨が降れば土砂が流れ落ちることを容易に想像させます。年老いた山主たちは変わり果てた自分たちの山を見て何を思うのでしょうか？

「山に入るときは暦で日を決め、塩と酒と尾頭付の魚を持って行くんだ。まず神様に挨拶をし、木を伐る前にも感謝の気持ちを示すために木の周りに塩とお酒をまくんだ」

自然に畏敬の念を持ちながら、それぞれの山やそこに生える樹木の特徴、地中に流れる水路、雨が降ったときの土砂の流れる方向など、様々なことに注意を払いながら林業に従事してきた山の熟練者たちは、山の形まで変えてしまうような今の林業のやり方に驚きを隠せません。

補助金を受けて間伐された山の中には、これから太陽を浴びて山を再生できたはずの保水力のある樹木は伐採され、その代わりに幹の曲がった痩せた木が残されていました。

そこには、素人が思いつきで剪定した貧相な庭のような山が広がっていたのです。

山の使い捨てともとれる現状を知る友人は、人間の自然に対する身勝手な姿勢を危惧しています。

山の動物たちが住処を失うのは当然でしょう。

このようなやり方が全国の山で横行しているとすれば、日本の林業は持続可能な産業としてではなく、単なる補助金目当ての使い捨て事業と捉えられても仕方が無いかもしれません。

この物語に登場するあきさんは、祖父の代から続く三代目のきこりですが、息子には継がせていません。あれほどの山の知識と山を思う気持ちが受け継がれないのはとても残念なことです。

効率と利益だけを重視したやり方が、腕の良い職人の働く場所を奪っているのです。

物語を書くにあたっての取材を重ねながら、結局どの産業も人の心が無くなれば立ち行かなくなるということを気付かされたとともに、このことが国の政治と深く関わっていることも改めて思い知らされたのです。

人は豊かになればなるほど、心が貧しくなっていくのでしょうか？

飼い主の帰りを待ちわびる犬や猫だけが、感情を持つ動物ではありません。

イルカも鯨も豚も牛も家も、子を思い、子を育てます。私たちがどの時代を生きても、動物たちを人間社会の在り方から切り離すことはできません。

私は、動物は人の心の倫理観を測る役割を担わされている気がします。

「無知は罪である」と、古代ギリシャの哲学者が言っています。

「見て見ぬ振り」も同罪です。

大量生産大量消費の影で、ひとたび病気が発生すれば計りしれないほどの家畜たちが殺されているのです。このような動物に対する人間の態度が、コロナウィルスという形で私たちに跳ね返ってきたと考えずにはいられません。

動物を感染源とする伝染病が、世界を震撼させる時代に生きる私たちは、人間だけでなく人間社会の底辺にいるモノ言えぬ動物たちの生きる権利を真剣に考える時に来ているのだと思うのです。

それこそが、真に豊かな社会をつくる最初の一歩だと考えます。

この本は、猫を介して知り合った小川さんと、地域猫活動に尽力する友人のご支援により発行することができました。心より感謝いたします。

また初めての出版に根気よくお付き合いくださった出版社の皆様と、環境や動物を守るために日々情報を発信し続ける有志の皆様のご協力に深く感謝いたします。

著者

望月 あけみ（もちづき あけみ）

愛知県生まれ
ミシガン大学　Ann Arbor 校　Fine Arts
公園で知り合った一匹の猫をきっかけに動物の視点から捉えた社会を表現することに興味を持ち始める。
この本はデビュー本。
最近感銘を受けた言葉は
「この世に屠殺場がある限り戦場はなくならない（トルストイ）」

挿絵

あん菜

愛知県生まれ、オーストラリア在住
シドニー大学　美術学科　3 年生
こだわりのクリエーター。
好きな都市は、東京、ニューヨーク、メルボルン
趣味は読書、旅行、料理、カラオケ、水泳
絵画、オブジェ、彫刻など勉強中。

月《つき》とイルカの約束《やくそく》

2020 年 5 月 27 日　初版第 1 刷発行
2023 年 4 月 25 日　初版第 2 刷発行
著　者　　望月 あけみ
発行所　　株式会社牧歌舎 東京本部
〒 101-0064　東京都千代田区神田猿楽町 2-5-8 サブビル 2F
TEL.03-6423-2271　FAX.03-6423-2272
http://bokkasha.com　代表：竹林哲己
発売元　　株式会社星雲社（共同出版社・流通責任出版社）
〒 112-0005　東京都文京区水道 1-3-30
TEL.03-3868-3275　FAX.03-3868-6588
印刷・製本　冊子印刷社（有限会社アイシー製本印刷）

ISBN 978-4-434-26852-6　C0093